司馬爺爺說鄉野傳奇

司馬中原　著

李月玲　圖

九歌兒童劇團團長　朱曙明：

司馬大俠出手果然不同凡響、魅力無法擋！

一個愛説鬼故事的慈祥老者，一直是我對司馬爺爺的認知。而從一個戲劇工作者的角度看，司馬爺爺更具備了眾所矚目的「明星」架勢。這架勢，不是因為他長得有多年輕帥氣、高大魁武，而是來自其雖滿腹經綸卻不失風趣幽默，如老頑童般的人格特質。在這部《司馬爺爺説鄉野傳奇》裡，我們不但可以拜讀他的文筆，更可聽見他在我們耳邊，以其特有的嗓音與説話的節奏為我們娓娓道來。

更叫人興奮的是，台灣目前多的是電視上的「傳奇

人物」，卻已經好久沒能聽見有人說「傳奇故事」啦！
且關掉電視的政論口水，讓司馬爺爺用他的聲音，帶領
我們到鄉野去遊歷一番吧！

如果兒童劇團團長　趙自強：

　　司馬爺爺為孩子們寫故事、說故事，是這個世界最
好的禮物，也是小朋友的福氣。

司馬爺爺說鄉野傳奇

目錄
CONTENTS

學習單

應聲蟲

　　我們常笑話一些沒有骨氣的人，求著人的時刻，不是作揖就是打恭，我們就叫他「叩頭蟲」。還有一種人，上面說什麼，他就跟著說什麼，直四（是）不五（忤），我們就叫他是「應聲蟲」。

　　孰不知，這兩種蟲，世上真有。

　　叩頭蟲，是一種渾身綠色的小甲蟲，北方常常見到，我們小時候，常常捉住牠，用手指捏住牠的肚子，牠就叮叮的叩頭，叩得挺響的。要是用一根火柴桿，插在牠頸部的甲殼裡，再把牠放開，牠就會繞著圈兒飛，沒法子飛到遠的地方去，再捉住牠，拔掉火柴桿，牠才會飛走。

　　至於「應聲蟲」，恐怕看見過牠的人，太少了。

淮西有個教書先生，叫楊漢青，他到中年的辰光，忽然得到一種怪病，什麼怪病呢？那就是他每次跟客人說話，他肚子裡總有一種聲音，在重複他講的話，起初聲音很小，後來，那聲音越變越大，楊漢青自己，也弄不清到底是怎麼一回事？有些怪異，也很害怕。

有一天，他遇上一個遊方道士，跟那道士說起他的怪病，那道士十分驚訝的說：

「哎呀，楊先生，你鬧的是『應聲蟲』病，這種怪蟲進到你肚子裡去了，要是不趕緊醫治，日後非但治不好，還會傳染給你家裡的人吶。」

「我說道長，這種病，倒是怎麼治呢？」

「說起來，也不難。」道士說：「李時珍著了一本書，叫《本草綱目》，幾乎所有的藥物，都列在上面了，你先去買一部《本草綱目》回家，依著藥名，

順著朝下唸，你唸的時候，那
應聲蟲也會跟著唸，你唸到
應聲蟲不作聲的那種藥，
就把它記下來，然後，專
買那種藥來吃，應聲蟲就被剋住
啦！」

　　道士又告訴他，治病讀這本
醫書，要誠心正意，沐浴淨身，
在案上焚起檀香，認真的唸，自
有靈驗。

　　楊漢青真的照道士的吩咐，沐
浴淨身，在案頭燒起檀香，認真的唸起本草上的藥
名來，到了夜晚，他唸到一味藥，叫做「雷丸」，
他肚子裡的應聲蟲忽然不應聲了。

　　第二天一早，他就到中藥舖去，買了「雷

丸」，每餐飯後就吃上幾粒，這樣吃了十多天，他肚子裡的應聲蟲一點動靜也沒有了。他大喜過望，逢人就講「雷丸」治應聲蟲有奇特的效驗，聽了他的話的人，都不敢深信，因為得這種病的人太少太少，有些人根本不相信世上還有這種病，他們早先根本沒聽說過。

後來，有人做生意，到了福建省長汀縣，看見街上有個老乞丐，也有這種毛病，很多人好奇，圍著他，逗他說話，證實他肚子裡確實有應聲蟲，那個淮西來的客人，想起當年楊漢青的事，就對那老乞丐說：

「哎，老頭，你這病，只要到中藥店，買些『雷丸』來吃，就會治好的。」

「哈哈，我才不要治呢！」那

老乞丐說。

「奇怪，天下哪有生病不治的？」客人不以為然，大搖其頭說。

「嗨，」老乞丐說：「你想想嘛，我又老又窮，有活也幹不動了，萬般無奈，才流落街頭討飯的。當初，我沒得這個毛病，討飯都沒人理會我，自從有了『應聲蟲』，人人都來看我，逗我，賞我幾文錢，讓我每天都能吃得飽了，你們把它當成毛病，我可把它當成飯碗呢！」

「人活在世上，要是做『叩頭蟲、應聲蟲、跟屁蟲』，也真夠可憐的了！」旁邊有人說：「但總比大懶蟲、小懶蟲跟寄生蟲要好上一點，賴在人身上白吃白喝，那又算什麼呢！」

2

吝嗇鬼

我們人活在世上，講究安身立命，年輕的時刻，就要學些對社會有用處的技能，憑本事養家活口，但有了錢，也不能揮金如土的胡亂花費，人不是常說嘛：「節儉是美德，奢侈是惡德」。

但節儉和吝嗇，完全是兩碼事，不能混為一談。

當年，北方有胖子徐老富，家裡非常有錢，但生性吝嗇極了，他是靠放高利債起家的，一把算盤，整天撥來撥去，算子錢，算母錢，手邊有一堆放債的摺子，從早到晚的都在翻弄，今天到東，明天到西，各處去算帳討利錢，人那麼肥胖，走起路來肉顛顛的，尤獨遇上烈日炎炎的夏天，一天跑下

來，光是淌汗，就能淌掉半臉盆。

後來，年紀更老了，跑不動了，還是咬著牙在挺命，他的家裡人實在看不過去，就力勸他買匹毛驢代步。他起先還支支吾吾的不肯買，後來拗不過，咬著牙去驢市去買驢了。

你徐老富買驢之前，也該掂掂算算呀！你是個體重兩百多斤的大胖子，應買上一匹身高體健的大驢，牠才能馱得動你呀。嘿，那個徐老富捨不得錢，千挑百揀的貪便宜，買了一條比狗大不了許多的小灰驢。

說真話，他真是十分愛惜那條小灰驢，從來捨不得騎牠，他牽驢出去收賬，只肯讓那條驢馱馱帳本兒和錢袋，對人表示：我是有驢騎的。

那年的夏天，烈日當空，真是熱得緊，徐老富照例出門去收賬，這回路很遠，他牽驢走到半路，

實在走不動了，兩頭幾乎喘到一頭去，萬不得已，才騎上驢，勉強又走上幾里地。按理說：毛驢的骨膀硬，有耐力，負重趕旱，要比馬和騾子更強，鄉下有句流諺，說是：「銅騾，鐵驢，紙糊的馬」。你甭看牠瘦瘦小小的，看上去不打眼，馱上一個大胖子，也難不倒牠。

壞就壞在小灰驢到了徐老富家，嬌生慣養，從來沒人騎過牠，一旦被徐老富騎上，牠是很不習慣，走不多久，人不喘了，驢卻口吐白沫，吁吁呀呀的喘了起來。

徐老富一嚇，萬一把牠騎死了，買驢的錢，豈不全泡了湯了嘛！他趕快下驢，找處樹蔭涼，解掉驢的肚帶，讓牠好好的歇上一歇。

驢也有驢的習慣，主人替牠繫上肚帶，表示是要牠幹活，卸下肚帶，表示是要牠歇息了。徐老富

把驢肚帶解下，坐在自己屁股底下，身子靠在樹幹上，把涼帽卡在臉上，略為迷盹了一會兒，睜眼再找小灰驢，這才發現，那匹毛驢自行朝回家的路上走，業已走有半里多路了。

他呼喚幾聲，驢也聽不見，他又跑不動，無法把驢追回來，他怕驢走丟了，又不能丟棄驢肚帶，這可怎麼辦呢？沒奈何，他只好把驢肚帶繫在自己脊背上，賬也不去收了，死掙活捱的，跟著驢蹄印兒走回家。

家裡人遠遠看他那樣，都覺得好奇怪，怎麼好好的一個人變成活驢了呢！？

他在家人的笑聲裡，走到門

口，急急忙忙的問兒子：「噯，甭笑啦，小灰驢回來沒有？」

「早回來啦，正在槽上吃麥麩子呢！」兒子說。

「那好！那好！」徐老富大喜過望說：「只要驢沒丟，就把我累成一匹驢也不要緊的。」

他解下驢肚帶，這才發現，自己的脊背，磨塌了兩層皮，腳踝也扭傷了，人暈暈的中了暑，差點兒把老命丟掉。

從徐老富這件事，我們不難想到，世上事過與不及，都值得檢討檢討，不是嗎？

3

硯台傳奇

我們常常聽人傳講，說是古物通靈，紀曉嵐講的氣機相感，按今天的科學解釋，也許是一種超級的電流感應作用吧。

早年有一位飽讀詩書的劉沐堂先生，他對琴棋書畫，各種文人雅士的嗜好，都很著迷，尤其喜歡蒐集各種古硯和名硯，他認為，在文房四寶當中，惟有硯是最具有收藏價值的，收藏它們，既可發思古之幽情，又能激發書畫創作的靈感，這和一般人「玩物喪志」，是不能相提並論的。為了收藏硯台，劉沐堂不知跑了多少古物店，像著名的端硯、歙硯，他也都精挑細選的買了很多方，但這些石質

好的硯台，在他而言，並不稀奇，他一心想買到古代著名的書法家、畫家用過的珍品，比如王羲之、王獻之、歐陽詢、虞世南、顏真卿、柳公權、蘇東坡、米芾、趙孟頫、祝允明、唐寅、文徵明……他們任何一個人用過的硯台，他都願意用極高的價錢去買。

最使劉沐堂傷心的是：那些歷史上著名的書畫家辭世之後，這些可稱為寶物的硯台，也都不知道流落到何處去了，他費心勞神蒐集了好些年，並沒收到幾方真正的好硯，有一天，他無意間在一家破爛的小古物舖裡，發現了一方雕刻精美的古硯，它不但石質潤膩，微微噓口氣在硯池上，它就會顯出盈盈的露水珠兒，硯台的一側，還有筆法蒼勁的銘刻，上面勒有「雨中春樹萬人家」的詩句。

小舖的主人討價不算昂貴，劉沐堂立即就把它

買了下來，帶回家去，反覆的觀賞，照硯側的銘勒來看，當時這硯台應該是有一對，因為按七字聯的規格，「雨中春樹萬人家」，這句應是下聯，要是能找到那塊鐫有上聯的硯台，讓它珠連璧合，那更是完美無缺啦。

想是這麼想，但若能在這大千世界裡，找到另一塊硯台，真是談何容易，也祇是做做夢罷了。

隔了兩年，劉沐堂有位老師，在湖南省參贊（註一）戎幕（註二），寫了信給他，聘他去擔任幕友，劉沐堂因著是老師的召喚，再者是那職務待遇高，工作也比較輕鬆，他和家人商量之後，決定接聘赴任。

到了武漢，轉水路去長沙，那時正是秋來時

分，一路上又是風又是雨的，但船家很有經驗，還算平安，誰也沒料到，快到碼頭的時刻，一陣狂風把船給吹翻，大夥忙著救人，卻把那些行李箱籠都失落了。

丟掉了行李，對劉沐堂來說，不是什麼大事，但他著急的是那方古硯正在箱籠裡面，若是找不到，他就等於丟了半條命了。

他狼狽的上岸，立即懸賞召募當地會潛水的水伕，替他打撈那方石硯，凡是能撈得的，給予賞金五十大銀元，在當時，錢當錢用，一塊銀元能

辦兩桌豐盛的筵席，七八個潛水伕，爭著下水去撈硯爭賞，你上他下，水花翻騰，一撈撈了近兩個時辰，有人在江心冒出頭來，手舉著一方硯石，興高采烈的大喊：

「我撈到啦！撈到啦！」

不一會兒，又有另一個潛水伕從水裡冒出頭，也手舉一方硯石大喊，說是他撈到了；這一下，弄得劉沐堂一頭霧水，分明落進江去的祇有一方硯台，怎麼會撈起兩塊來的呢！？等兩個潛水伕泅泳

上岸，把兩方硯台呈上，劉沐堂把它們排列檢視，這才發現，撈得這兩方硯台，製造的尺寸、方式、雕刻的花紋，竟然完全一樣，按石質紋理看，它們原是同一塊石頭剖開分製而成的。其中的一塊，確是他收藏的故物，另一塊硯石的邊上，卻鐫刻著另外一句詩，那是「雲裏帝城雙鳳闕」，分明是上聯，兩者的字跡也完全相同，確是一個人書寫的。

他用一百大洋，分賞了兩個潛水俠，高高興興的到任，見過老師和同僚，在接

風宴上，他情不自禁的說起這件事，他說：

「我這方硯台，是在河北省買的，後來的這一方，卻是在湘江裡撈到的，這兩方硯台，是同一塊石頭剖開製作的，同一個人製的硯，同一個人題的字，要是把它們當成人來看待，它們不就是同胞兄弟嗎？……它們離開故主，分別流落了很多年，一個天南，一個地北，一個在我行篋裡，一個沉在江底，要不是風暴弄翻了船，它們怎會重新會合呢？」

「嗯，」一位幕友說：「這可是一連串的巧字促成的，也許物久通靈，石氣相感，總之，只能歸諸天意啦！」

「好一個：雲裡帝城雙鳳闕，雨中春樹萬人家。」做老師的讚嘆說：「世上的恩愛夫妻，走了一個，另一個會痛不欲生，所謂的『故劍情深』，也正是這個道理，但如今，人情常常不如物情濃，你有幸保存到這兩方硯台，用它警惕人生，那才算是至寶啊！」

（註一）參贊：參與策劃謀略。

（註二）戎幕：軍府的名稱。

4

憨虎的
遭遇

世上有許多人，性情剛猛正直，堅持原則，分毫不讓，不但本身這樣，更好管閒事，打抱不平。這種人，本質上確實可愛，但同樣也會廣受牽連。

像《水滸傳》的黑旋風李逵、花和尚魯智深，全都是這號的人物，魯智深三拳打死鎮關西，變成亡命的殺人兇犯，祇有跑路避鋒頭，弄得去當和尚，不是受牽連是什麼？

在安徽，早年有個性情剛猛的漢子，名叫常永安，聽說他是明初名將常遇春的後代，但是他的家境窮困，也沒念過多少書，平常最愛到茶樓書坊去聽書，滿腦門子都是忠孝節義，跟鄰居們聊天，凡

是談起古今不平的事兒，他就大光其火，整天罵罵咧咧的不高興。他唸過《精忠說岳》這本書，恨煞了秦檜這個大奸臣，凡是見到書裡的「檜」，就用手指甲把它摳掉，一邊摳一邊罵不絕口。

「你娘的，賊秦檜，老子掐死你！」

有天起廟會，常永安跑去看人演戲，那天演的戲叫「如是觀」，內容是說秦檜設計謀害岳飛的故事，演到「標本」那一齣，秦檜搖搖擺擺的出場了，常永安看見戲台上的秦檜一臉奸笑，得意洋洋的模樣，直氣得七竅生煙，跑上戲台去，奪過岳武穆王的兵器，沒命的狠揍假秦檜，幾幾乎把演戲的給打死。廟會和戲班主立即告官，把常永安捉進衙門去。官裡是依法論事，詢問兩造，演秦檜的伶工

說是根本不認得這個粗漢，雙方也毫無宿怨，平白無故的挨了這一頓痛打，幾乎把命丟掉，實在心有不甘，廟會的主事人告他擾亂廟會，不敬神佛，破壞秩序；戲班班主告他阻礙了演戲，又打傷他班裡的要角，要他賠償全部損失。

官裡問到常永安，常說是他最恨秦檜，喪盡天良，把壞事幹絕了，還笑瞇瞇的在台上招搖，他實在忍無可忍，才替天行道，上台去揍了他的。官裡傳問當方地保，地官稟說：他原是個渾漢子，唸岳傳的時刻，遇著「檜」字，就用手指把它摳掉。官裡著人去找那本書，確實被他摳得稀爛，對這種真假不分的渾人，也不好怎樣重辦，就當庭開喻他，褒忠抑奸原是好事，但也要分出真假，人家祇是在演戲，你竄上去鬧台揍人都是不對的，叫他當眾陪禮道歉，罰他打掃街道三個月了事。

經過這一回令人叫絕的官司，鄰里對常永安都另眼相看，推許他是條漢子，祇是太憨了些，就送了他一個綽號，叫他「憨虎」。

　　這個常永安好打抱不平的性子，始終改不掉，經常替人排難解紛，街上有些地痞流氓，欺負善良，一聽說「憨虎」來了，拔腿就跑。

　　街上有個奸盜淫邪的傢伙叫丘三，有天遇上個姓吳的小寡婦，丘三就調戲了她，常永安聽在耳朵裡，掄著拳就去找丘三，把吐沫吐在丘三臉上，罵說：

　　「世人都恓惜孤寡，你竟敢調戲她？我不揍扁你才怪呢！」話沒說完，一拳就把丘三的鼻樑骨給打斷了。

　　人說：「邪有邪門，詭有詭道」，丘三也並不是好惹的傢伙。他挨了一頓揍，心有不甘，就約集了十多個同黨，拿著棍棒，匿在暗處，要伏擊常永安。

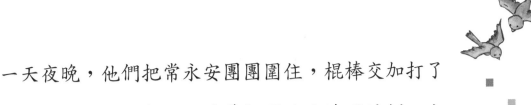

一天夜晚，他們把常永安團團圍住，棍棒交加打了起來，常永安力氣大，連著把那些小流氓放倒一大半，但他自己也叫打得頭破血流，暈倒在街邊，還是街坊聽到打鬥聲，跑出來把他抬回家去的。

他老婆勸告他說：

「天下不平的事多著呢，哪是你一個人管得了的？老古人說：『琴不對驢彈，力不跟牛鬥。』你跟丘三那班無賴糾纏什麼呢？」

「這哪能怪得我？是他先欺凌人家小寡婦的，我出面略略教訓他，他竟打我的黑棍，我是跟他沒完的啦！」

常永安說到做到，傷剛好，他就帶刀出門，每日在找丘三，聲言：「只要遇上，就得把他剁成肉泥！」

這一來，丘三嚇得東躲西藏，不敢露面，又幾

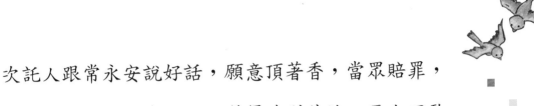

次託人跟常永安說好話，願意頂著香，當眾賠罪，常永安不理那一套，丘三嚇得跑到外地，再也不敢回家了。

過了一段日子，姓吳的小寡婦又上門找他，跪在他面前只是哭，常問她怎麼了？小寡婦說：

「上回為丘三的事，累您被打傷，心裡實在過意不去，但如今我眼看活不成了，不得不來求您。」

小寡婦抽抽噎噎的說出原委來：她丈夫死後，她小叔吳喬，一心謀奪她的產業，謀產不算，還誣賴她跟人通姦，壞了她的名節，糾眾上門，硬把她攆了出來。

常永安聽了這話，幾乎把眼珠子氣掉下來，揎拳抹袖，立即就去找吳喬，這當口，吳喬正在街口，著人工伕把寡婦家的家當抬去賣，有人告訴他說：

「你還不快走，憨虎來啦！」

「笑話，清官還難斷家務事呢，他常永安是什麼東西？管得了我？」嘴上說的是硬話，腳底下卻像抹了油，就要開溜。

但常永安一聲叱喝：「替我站住！」吳喬就楞在那兒了。

「常大哥，這是家務事，你何必硬插這一腳呢？」

「話不是這麼說！」常永安說：「你要爭你哥家的產業，我可以不管，但你血口噴人，玷污你的寡嫂，分明逼她走絕路，我這是管定了！」

說著，飛起一腳，把吳喬踢了個仰八叉，進一步踏住吳喬的胸脯，問說：

「你是吳喬嗎？」

「是啊，我是吳喬。」吳喬覺得好奇怪，分明認得我，幹嘛還有這一問呢？

「好！」常永安吐口吐沫，搓搓手心說：「這回打的可是真吳喬，不再是假秦檜了！我可要痛痛快快打殺你這個禽獸！」

他拳腳交加一頓好打，登時把吳喬給打死了。

吳家小寡婦跑來晚了一步，見到這情形，跪下嚎哭。常永安說：

「妳回家，這兒沒妳的事，一人做事一人當，天塌下來，我姓常的頂著，朝後沒人再敢欺負妳了。」

「我怎忍心這樣連累你啊！」小寡婦哭說。

「沒有什麼。」常永安說：「這跟早先打秦檜差不多，祇是打重了一點，我去自首就是啦！」

常永安果真大踏步的到衙門自首投案，坦承一切，官府也暗自讚嘆他的義風俠行，但是依法救他不得，祇能讓他入監候斬。說也巧，秋決（註一）之前二天，正好遇上大赦天下，他被釋放出來了，夫

妻見面，抱頭痛哭，真像隔世重逢一樣。

　　常永安的家裡，本已窮困潦倒，他再做了將近一年的大牢，更是三餐不繼了，到這種辰光，他也自覺對不起妻兒，痛切悔過，發誓不再出拳毆人了，但他老脾氣還是那麼梗硬，遇上不平事，他就猛力的搥牆，沒過幾年，他家屋後那面土牆，叫他搥出幾個大洞來。

　　如今凡事講法治，像常永安這種「憨虎」型的人，更難活啦，你要是有心搥牆，你就搥吧。

（註一）秋決：古時因犯罪而判死刑的人犯，並不會馬上進行處決，而是到了秋季，經由刑部確認罪行後，才會進行處決，所以稱為「秋決」。

5

欺騙人
的報應

　　我們常聽人說：「討了便宜柴（財），燒了夾底鍋」，也就是說，瞞心昧己，損人利己的事，實在幹不得，佛家講「因果報應」，裡頭真有大學問。

　　如今的社會上，人心浮濫，紛紛以欺人得財為能事，表面上，好像也沒見什麼報應，其實，報應早晚會來的。早先，有個藥房，因為貪暴利，賣假藥，著實賺了些不義的錢財，做丈夫的心裡有虧欠，賣假藥，連他太太也瞞得緊緊的，有一天，丈夫去外面推銷假藥去了，他自己的獨生兒子發了高燒，太太情急，就拿了假藥給兒子吃，以為真能「藥到病除」，誰知兒子吃了假藥，延誤了治療，高燒不退，變了白癡了。

早先，在北方的鄉下，有個姓俞的莊稼人，因為心機不太好，做事鬼頭鬼腦，有人就送他個綽號，叫俞二鬼，這俞二鬼家裡養了一頭牛，這條牛看上去身強體壯，有模有樣兒的，但慢慢的，這條牛一直拉稀屎，灌藥去治，也治不好。

俞二鬼心裡想，趁著這條牛還沒卸膘變瘦，要是把牠牽到鎮上牛行去，也許碰到看不出毛病的買主，

還能賣一筆好價錢，於是乎，他就決意把牛牽到鎮上去賣了。

「我說二鬼，」他老婆說：「把一條病牛充著好牛賣，這是騙人的勾當，幹不得呀！」

「妳少囉嗦，」俞二鬼說：「買賣，買賣，全是一個願打，一個願挨的事，我賣牛換錢，怎能叫騙？」

他不聽老婆的言語，把牛牽到鎮上的牛行去，去沒多久，就有人願出價五塊大洋，把牛給買走了。俞二鬼用高價變賣了那條病牛，直樂得心眼裡開花，他到酒舖去，買了一壺老

酒，又切了包滷菜，把膁下的四塊多銀洋，用勒腰的布帶包妥，興高采烈的回家啦。

一走走到半路上，忽然看見一隻很肥的野兔子，趴在路邊的草叢裡，那隻野兔是被打獵的獵戶，放狗追，追得四肢發軟，跑不動了，才趴在路邊喘息的，俞二鬼沒費多少力氣，就把牠給抓到了手。

「哇，透肥透肥的，回家要老婆紅燒了下酒，那才過癮呢！」俞二鬼自言自語：「老子真是走運了！」

他先是把野兔揣在懷裡，又怕牠緩過氣跑掉，就用腰帶的另一頭，繞在野兔的頸子上，接著朝回走，快到家屋後，遇上鄰村的人在割草，抬頭跟他打招呼。

「噯，二鬼，你把牛給賣啦？」

「是啊，價錢賣得不錯呢！」二鬼說：「剛剛在路邊，又抓著一隻透肥的兔子，你瞧。」

他伸手想抓出兔子給對方看，誰知那隻野兔歇足了勁，猛的一瞪腿，拖著腰

帶飛跑，當時，遍地都是高高的秋莊稼，野兔奔進高粱地，轉眼就不見影子。

「哎喲，好可惜呀！」俞二鬼說：「快吃到嘴的兔子，竟讓牠給溜掉了！」

他匆匆忙忙趕回家，老婆說：「牛賣掉啦？」

「賣啦，賣啦，」俞二鬼說：「一共賣了五塊銀洋，價錢不低啊。」

「錢呢？」老婆說。

「錢……錢……」俞二鬼一摸身上，祇摸出一壺酒和一包滷菜，他這才想起來，他是把勒腰帶的一頭包著錢，另一頭扣著野兔的，野兔這一跑，把他賣牛的錢也拖跑了：「我……我……這就去找！」

想在一眼望不到邊的秋禾田裡，去找一隻跑掉的兔子，哪還能找得到，俞二鬼為這事，氣得大病

一場。

　　過了好些日子，聽人傳講，東邊王家沙莊，有個姓田的莊稼人，花五塊銀洋，卻買了一條病牛，田家的人，也正為這事生悶氣，誰知第二天早上，門口躺著一隻垂死的兔子，頸上扣著一條腰帶，腰帶的另一頭包著什麼沉甸甸的東西，打開一看，裡頭包了四塊多銀洋，其中有一塊錢，老田認出來了——正是他花出去買牛的錢。

　　說也怪的慌，那條牛到了田家，病也慢慢好起來了，俞二鬼白送人家一條牛，還饒上一條腰帶，

一隻透肥的兔子。他賣牛一場，只得了一壺老酒和一包滷菜。

算算看，到底是誰便宜啊？

6

魯班術

　　你們一定曉得魯班這個人，他是我們民族裡最早、也是最傑出的大工程師，他一輩子刻苦鑽研，做了很多很多建築和公共工程，每一件都做得鬼斧神功，他典型的作品——趙州橋，如今還完整的矗立在那裡，後世的人們，把他一生的傳說變成了神話，說他手裡那柄斧頭，是柄開山鑿石的神斧。

　　我們的民族，最懂得慎終追遠，各行各業，都供奉有祖師爺，後來的石匠、瓦匠、木匠他們共同的祖師爺是誰呢？當然就是魯班公嘍。

　　我國古代的若干宏偉建築，大都受到魯班的影響，像橋樑、佛寺、寶塔，那些飛簷、斗拱、廊柱、梯級、橋樑結構，完全合乎現代力學，那麼精密神奇。

　　一直到今天，中國從北方到南方邊遠地區，仍然有

少數老石工，老泥水工，懂得「魯班神術」，據說那不單是工藝技術，而是一種神祕的法術。

目前住在高雄的一位老榮民——陳國明先生，他的老家是在貴州省，他小時候，就親自經歷過一宗和魯班術有關的稀奇事兒。

他有位叔叔陳得財，民國六年生，讀過幾年私塾，因家裡貧困，輟了學，家裡送他去學算命，他學了半年多，突然跑回家，表示不想再學了，父母問他，他說：

「那玩意是空的，不踏實。我要學點真本事，自食其力，才可大可久。」

過不久，有人介紹他去學石匠，他願意學，人家就帶他去拜孟老石匠為師。孟老石匠的經驗手藝，

在貴州省，可說數一數二，有很多廟宇的石龍、石獅，都是他雕刻的。陳得財在孟老師傅那兒，一學就是三年；後來，又來了兩位師弟，孟老師傅包了一片石山，叫得財帶著師弟，整天在山上開山鑿石，開出青石塊，打磨好了，賣給人家做墓碑。

陳得財雖很敬重孟老師傅，但也有不滿的地方，他跟隨老師傅三年了，師傅總是叫他幹粗活，精細的石工還輪不著他，這要學到哪一天？陳得財雖沒說出來，孟老師傅卻看了出來，他對得財說：

「無論學哪行，都得按部就班，一步一步，慢慢的來，當年，有人到少林寺學武藝，老和尚不教他拳法，只叫他擔水，由木桶擔到鐵桶，那是打熬筋骨，練習耐性。你把開山鑿石當成粗活，那就錯了，山上的石頭有千百種，石質、密度、紋理，都有差別，讓你開採石頭，是要你能懂得石性，把什

麼樣的材料，用在什麼樣的地方，懂得石性，自會取材、選材、用材，你不會粗鑿，怎能學會細雕呢！？」

「師傅說得是，徒弟謹記。」得財說。

朝後，得財真的心平氣和，帶著兩個師弟，專心在山上幹起取石的活計來，他告訴師弟們，要順著石頭的紋理，先在外邊鑽些小洞，塞進火藥，牽線引爆，等到石塊炸落，再拖到棚場裡加工。

有一天，得財帶兩個師弟到採石場，交代他們採石，自己去勘察另一塊石礦。

午飯後，來了一個過路的巫師，在湖南、貴州那一帶，人們都叫他「端公」，端公會法術，人們都很敬畏他們，他經過採石場，望見場邊有火堆和石凳，

就過去歇歇腳，燒袋旱菸，看見兩個
小石工正忙著，就說：

「小老弟，好忙乎啊，有
茶水，討杯解解渴好嗎？」

要是得財在場，自會
跑去棚屋，倒碗熱茶，

奉給那端公，也就沒事了。那兩個小師弟正忙得滿頭冒煙，又年輕沒禮路，一個衝頭衝腦的說：

「你沒瞧我們正忙著嗎？哪有閒功夫侍候你啊！要喝水，你有腿有腳，不會自己去倒嗎？」

端公被他搶白了一頓，皺起眉毛，茶水也不喝，把揹籃一揹就走掉了。

端公剛走不到一袋菸的工夫，嘿，怪事就來了，那兩個小石工，本來是在替石塊打洞的，一個人用鐵鋏子夾著鑽頭，另一個揮動鐵錘敲打，誰知一錘打下去，那鑽頭不進反彈，飛上去一丈多高，掉下來，又正好掉回洞眼去，開始時，兩人還互相責怪，你說我鑽頭沒夾緊，我怪你鐵錘打偏了。兩人換手做，結果還是一樣。

於是，兩人齊喊：「大師兄快來啊，出怪事嘍。」

得財在遠處聽見叫喚，急忙跑過去，兩人把怪事仔細說了，得財不信，自己揮錘，只聽噓的一聲，那鑽頭沖上半空，又落回石眼，三個沒辦法，只好坐著乾等師傅回來。孟老師傅在鎮上辦完事，含著菸桿來到採石場，看見三個全坐在樹底下，還以為他們偷懶，得財把怪事源源本本的說了。

　　「要不要試給您看看？」得財說。

　　「免了，不用做了。」孟老師傅說：「今天有誰來過沒有？」

　　「有啊，前不久，有個端公來討水喝，我們正忙著，要他自去倒水，他不高興，就走了。」一個說。

　　「嗯，得財，你去拔把茅草來。」孟老師傅說。

　　得財拔了茅草，孟老師傅把茅草搓成一個小小

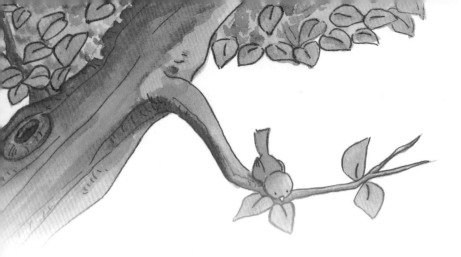

的草團子，塞到石眼裡面去，對得財說：

「你把鑽頭放進去，用錘子輕輕敲一下，越輕越好。」

得財照著做了。

「好，今天不再做工了，收拾收拾，準備下山吧。」孟老師傅說。

三個徒弟都弄不清師傅這麼做，究竟是啥意思，也不敢多問，也就收拾工具雜物，準備下山。師徒四個，正要動身，遠遠看見那個端公，用手按著額角，慌慌張張的跑了回來，一見孟老師傅，就

雙膝跌跪說：

「對不住，老師傅，在下不知這三個是您的門下，我祇是氣他們不知待客的禮路，同他們開個小玩笑，並無惡意。」

「小徒不知禮，老朽會管教，法術卻不是用來開玩笑的，你這玩笑一開，耽誤我交貨吶。」

「老師傅，您的損失我賠。」端公說。

說著，他從搭練裡摸出一吊多大錢來，孟老師傅手拈著鬍子說：

「不用這樣，請坐著說話，讓我瞧瞧你的傷。嗯，還好，只傷到一點油皮，待我替你敷上藥，二天就會好

啦！」於是，他在附近採了兩三片野草藥子，咀嚼了，貼在對方額上，又把那吊錢塞回去說：「我也只是召你回來，使你受傷，過意不去，也請千萬甭放在心上。」

「哪敢，哪敢。」那端公千恩萬謝的走了。

得財在一邊看得傻了眼，自家跟老師傅學藝三年，根本不知老師傅還有這一套法術，打那之後，得財對師傅更加尊敬，滿了師也不離師門，有一次，孟老師傅心情爽暢，偶爾跟得財提起當年施法的事，他說：

「那確實是魯班術，這種法術，不是一般人都能學的，當初我為了學它，曾發過重誓，這輩子不娶妻，如今，我業已七十多歲，身邊沒兒沒女，後悔都來不及了。得財，你在家是獨子單傳，學好石工手藝是本務，甭再想學那些法術了。此地很多端

公都會法術，用錯了，到頭來是害人害己。你還是做個好石工吧。」

老榮民陳國明先生離開大陸的時候，他叔叔得財是卅多歲，孟老師傅已經快九十歲了，他跟他叔叔一直沒曾聯絡上，也不知他究竟怎麼樣了。

我們常聽人說起，魯班當年造趙州橋的神話，我們也常聽到一種諺語，嘲笑一些不自量力的人，在行家面前亂招搖，流諺說：「魯班門前弄大斧，關帝殿上耍大刀」，故事裡的端公，也正是那號人，遇上行家，他就沒便宜討啦。

殺虎
和殺人

孔子不但是曠世的大思想家、大教育家，被尊為「至聖先師」，即使在世界各國，也是被人一致推崇和仰望的偉大人物，孔子的門下，有七十二個名列史冊的學生，後世人稱七十二賢。孔子收學生，一向本著「有教無類」的教育原則，並不像如今的明星學校，是挑著揀著收的。

　　在這七十二賢裡，固然有些資質特佳的，像子貢和顏回，有的學問好，有的品格好，但也有粗魯不文的，這些被後世稱賢的人，若是不經過孔老夫子的教化，能否留名千古，恐怕是大有問題呢。

　　咱們就拿子路這個學生來說吧，子路是個身強力壯的人，膽氣大，很有勇力，但初入孔子門下，肚子裡並沒有多少滴墨水，他總是跟在孔子身邊，當當護衛，做做保鏢，弄得不順意了，還會發老師的脾氣，孔子是怎

樣把這塊頑石點化成金的呢，請聽聽下面的小故事吧！

傳說：有那麼一回，孔老夫子帶著子路和少數幾個學生去遊山玩水，上山之後，覺得口渴了，就讓子路到溪澗邊去取水。

子路托著水缽，下到溪澗，正要取水，急然聽見一聲虎吼，抬頭一看，一隻吊睛白額的老虎，正站在他附近的大石上，兩眼精光暴射的看著他。子路雖勇力過人，卻也絲毫不敢大意，急忙拔出腰刀來，專心一意的防備著。

在空山無人的地方，一隻飢餓的大蟲（註一）是不會輕易放過人的，於是乎，一場慘烈的人虎大戰，就在山邊水涯展開了，雙方惡鬥了好一陣，子路一刀切斷了老虎的尾巴，那老虎護疼，慘吼一聲，落荒而

逃。子路打贏了老虎，心裡很得意，也不去追那鬥敗的老虎，把斷落的一截老虎尾巴揣進懷裡，取了水，回去見孔子，孔子見他渾身汗涔涔的，問他怎麼一去去了老半天？子路也不答他，反問孔老夫子說：

「夫子，您見多識廣，您知道勇士殺老虎是怎麼殺法的嗎？」

「啊，最好的方法是打殺老虎，把虎頭捧回來嘍。」

「要是沒能把虎打死呢？」

「要是那樣的話，也該割一隻虎耳回來呀！」孔子微笑說。

「要是連虎耳也割不到呢？」

「嗯，等而下之，最差也得割一截虎尾巴回來呀。」

子路和老虎捨死拼鬥了老半天，割了虎尾巴回來，原以為老師會誇他神勇，讚他是一等好漢的，

誰知在老師的眼裡，斷了虎尾，卻成最差勁的一等，這不但使他完全洩了氣，心裡還暗怨孔夫子不太近人情，就氣勃勃的說：

「夫子明知深山野林裡有老虎，還要我一個人冒險去取水，分明是讓我死在老虎嘴裡嘛！」

說著，他把一截老虎尾巴從懷裡掏出來，扔在地上，同門勸他，他也不理會。子路心裡憋著一口怨氣，悄悄的撿了一塊石頭，想把這個不近人情的老夫子砸死，但想想又不忍心，就去問孔子說：

「夫子，您見多識廣，學生想問您：那上等殺人是怎樣殺法的呢？」

「你問得好，」孔子說：「上等殺人是用筆，秉春秋之筆，責以人生大義，留他的命，改變他的心。」

「那中等殺人又是怎樣殺法呢？」子路又問說。

「中等嗎，用舌頭，用言語、道理，糾正他的錯誤，導正他的思想。」

「那下等的呢？」子路最後問說。

「哦，那下等的，胸懷怨恨，撿塊石頭把人砸死，也就了事啦！」

子路一聽，心想，我原來只是個下等人，怎敢再對老師挾怨呢，於是，他才心服口服，悄悄丟掉石頭，一直跟隨孔子，接受聖人的教化了。

我們看看，今天的社會上，是不是多的是子路這樣的人，動不動就用武士刀，紅星黑星朝著人，而在教育界，又見過幾個像孔子一樣的人物呢？

緬古懷今，值得我們檢討深思的，怕還多著呢！

（註一）大蟲：在《水滸傳》中對於老虎的別稱。

8

文人夜
有光

從古到今，社會上都很尊重知識，歷代的大學問家、大文學家、大詩人，都能留名千古，不論是理性知識，或是性靈知識，也都能傳世。

但有些唸死書的人，抱住書本，死啃硬啃，食而不化，若論考試過關，有用。若論領取文憑，也有用。若說用它濟世拯溺，養性修身，死知識就派不上大用場了。

尤其是早先唸死書，做八股，考秀才那套唸書的方法，最是糟糕透頂，硬把一個活生生的人，唸成死板板的腐儒酸丁，說起話來，酸溜溜文謅謅，之乎也者不離口，還好意思開塾館，搖頭晃腦，一本正經的誤人子弟，孰不知，他自己就是一口酸菜缸，把學生都教成泡菜啦。

說是清朝末年，有個團館為業的老學究，自以為經誥典訓讀了一肚子，該算是飽學的通儒，老是慨嘆自己生不逢辰，科舉場上，連連失意，到了老年，食不飽，穿不暖，萬般無奈，只能靠團一些小猢猻餬口。

　　一天夜晚，他從鎮上打酒回宅，獨自走夜路，忽然聽見身後有人招呼他，他回過頭，等對方走到切近，這才認出是他相識多年的老友，忽然他想起，這位老友不是早在幾年前就過世了嗎？老學究平素正直迂腐，也並不駭怕，照樣跟對方打了招呼，帶些好奇的問說：

　　「幾年沒見，不想在這兒遇上了，李兄您到哪兒去啊？」

　　「真沒想到這麼巧，」

姓李的說：「我過世之後，地府裡留我當陰差，今兒夜晚，著我到南村一個病危的人家去勾魂，咱們正好同路呢。」

兩個就一起走了一段路，

走過三里坡前，有座破草房子，姓李的說：

「這屋子裡，住著一位文人，日後一定會大有名望，我得繞路走，離他遠一點兒。」

「奇怪了，」老學究說：「這不是搞雜學的朱俊臣的破屋嗎？他從沒正正經經的做過什麼學問，根本不入流，我雖說酸裡叭嘰的啃書啃半輩子，總還應過科舉，有個秀才名目，他卻是個白丁，你怎曉得他日後會大有名望呢？」

「嗨，」姓李的說：「一般人，在白天營營碌碌，性靈不顯，惟有在睡熟的時刻，一念不生，六神朗澈，他所念的書，字字都像結成陣的螢火蟲兒一樣，吐出光芒來，這種光，從人的七竅朝外湧，遠看縹縹緲緲，繽紛如錦，有些人讀孔孟，讀屈原、宋玉，讀李白、杜甫，能夠融化活用，他們發出的光，直衝霄漢，跟星月一樣。等而下之，也有

騰空幾丈高的，也有幾尺高的，那最差的，也像一盞小燈籠，能映亮門窗。當然，這種光，人眼是看不見的，祇有鬼才能看得見，您甭看這間破房子，裡頭的光，上騰約有丈把高，照現世的程度，他已經是很像樣的文人了，那股剛陽之氣逼人，我不得不離遠點兒呢。」

姓李的這麼一說，老學究心裡實在有些不服氣，就問說：

「像我這樣，啃書啃了大半輩子，勉可稱篤實務本，不知我睡著了之後，能發出多高的光來呢？」

姓李的半晌沒答話，但老學究一再追問，他這才囁囁嚅嚅的說：

「咱們是老友，我實在不忍對您說假話，昨天夜晚，我走過您的塾館，看見您肚子裡冒出來的，祇有高頭講章一部，死板板的八股墨卷五六百篇，

各類沒嚼爛經書幾十部，那些文字，都化成濃毒毒的黑煙，罩在那屋頂上，實在沒見著半點光呢。」

「你這鬼東西，人看扁我，連鬼也嘲弄我，真是把我肚皮都氣破啦！」老學究動了火，罵將起來。

「您氣破肚皮之前，請讓我躲遠一點兒。」姓李的笑說：「您那股酸味，我可受不了啊！」

上面這段故事，是典型的藉鬼諷人的故事，除了有趣之外，更有令人深思的一面，我們多少都唸過些書，睡覺的時候，又能冒出多高的光芒來呢？

古人說：「不為功德行善，才算真善，不為名利讀書，才是真知。」

舉世茫茫，能做得到的，又有幾人？

9

物異

　　咱們古人，很懂得人與自然關係調和的道理，用仁厚的心胸去對待萬物，希望能和萬物同春，佛家所講的「有情世界」，也就是一切有生命的東西，在造物主的眼裡，都是一體相通的，人，既是萬物之靈，就應該惜生、樂生，不可濫墾濫伐，胡宰亂殺，任意去破壞大自然的秩序，既喪「仁」，又失「德」，就不是為人的本分了！

　　在古往的許多筆記小說裡面，我們可以看到人與物相處得水乳交融的例子，像螞蟻報恩，家犬護主，鳥為主人死難，還有忠牛、忠馬，除了家禽、家畜之外，若干蛇蟲野獸，也都懂得恩和仇的分際，古時有個伯里，很疼愛野象，伯里死後，象群都聚在伯里的墳前，哀號而獻舞，古人公冶長，畢生愛鳥類，經常和鳥類相處，

懂得鳥語，鳥兒們都把他當成朋友看待，這都是典型的例子。

如今可好，世風越變越薄，在世界人的眼裡，中國人反倒變成野蠻嗜殺、貪嘴好吃的民族，管它是天上飛的，地上跑的，地下爬的，水裡游的，一例通吃，把老虎翻得肚皮朝上，當街宰殺，什麼百萬一隻的娃娃魚，照樣下鍋烹煮，貓和蛇同煮，美其名叫「龍虎鬥」，鱉和雞同煮，美其名叫「霸王別姬」，伯勞鳥原本是過境的客人，咱們捕了就烤，烤得毒煙滾滾，這些難道是假的？

看樣子，古人的厚道，真值得我們認真的學一學了。

＊＊＊＊＊＊＊＊＊＊＊＊＊＊＊＊＊＊

　　早年，在河北省的河間縣，有個鄉下小地方，叫李家窪子，那裡有家人家姓董，主人董老頭，家裡養著一條跛腳老牛。

　　董老頭得了急症死了，家裡處境比較窘迫，幾個兒子急著張羅些錢，勉強舉辦了喪事，日子過得艱困，一個兒子就把主意打到老牛的頭上。

　　「噯，我說，諸位兄弟，這條老牛，養在咱們家好些年了，早先雖不能下田，勉強還能拉拉磨，如今牠越來越老，留著白耗草料，不如把牠牽到作坊去，賣給人宰殺，好歹也能換些錢。」

　　「嗨，這也是沒法子的事，留著牠派不上用場。」另一個兄弟說：「為解燃眉之急嘛，我看也

祇好這樣了！」

董家兄弟們在屋裡商議的事，老牛也都聽見了；二天早上，董家兄弟要牽牛去賣了殺，到牛棚一看，哪還有牛？祇有半條啃斷的牛繩子拴在木柱上，那條牛竟在黑裡啃斷牛繩跑掉啦。

「奇怪，老跛腳牛，能跑到哪兒去呢？」

「別急，咱們分頭出去找，諒牠走不遠的。」

董家的跛腳老牛，竟然跑掉了，這消息霎時就傳遍全村，有人指出看過那條老牛，朝村後的山坡去了。

「牛老了，沒用了，總要賣去殺的。」董家一個兄弟說：「牠拐腿跛腳，能跑得了嗎？」

他們找到山坡上，果然在董老頭兒新墳前面，找到了那條跛腳的老牛了，牠屈起前膝，跪在老主人的墳頭，董家兄弟合力牽挽，牠就是不肯起來，

用鞭子猛力抽打，牠仍然賴著不動，一味搖動尾巴，眼淚汪汪，哞哞的叫著。這樣一來，跑來看熱鬧的村裡人，越聚越多了。

正在這當口，有人說：

「劉五老爹來啦！大夥兒讓一讓吧。」

劉五老爹，在遠近各村落裡，是德高望重的尊長，各村逢上難事，都得請他老人家作主，董家兄弟一見五老爹來了，就把家裡窘困，打算賣牛去殺的原委說了。

劉五老爹聽了，氣憤憤的用柺杖打那老牛說：

「你這個好歹不分的笨畜牲，這個董老頭，十多年前發洪水，他自不小心掉下河，關你屁事？你讓他淹死算了！噢，你心不忍，要下河去救他，讓他抓住你的尾巴上岸，而你的腳，被一塊流木撞斷，才變成跛腳的。董老頭的身子骨，原先就不硬

朗，一直生病，窮花費，家裡窮得不開鍋，哪還有心去照顧你？等董老頭一死，買棺、修墳，又花費這許多，留下這座墳，每年還要勞動兒孫來祭掃，這些麻煩不都是你惹的嗎？當年你要由他被大水沖走，一乾二淨，你的腿也不會斷啊！如今，你替董家子孫留下債務拖累，他們要賣你去宰殺，是你活該受的，你還跪在這兒耍什麼賴，快起來去領死吧！」

說也怪，那跛腳老牛吃劉五老爹打了一拐棍，罵了這一頓，竟然連著點頭，費力的站了起來。

「如今世上，恩將仇報的大有人在，何況你祇是一條笨牛！」劉五老爹換對董家兄弟說：「這條牛，當年確是救過你爹一條老命的，當時我在場，不過，那些陳年老賬，牛是不會講的，你們把牠牽去賣了殺肉，也不算太過分，天雷不會轟你們腦袋

的。」

劉五老爹說完話，再一看，董家弟兄幾個都矮了半截，痛哭流涕的跪在他面前，一個個自己打著自己，大罵他們不是人。

「五老爹，這段原委，我們兄弟全不曉得。」董家老大哭說：「我們絕不是恩將仇報的那類人。」

「我們願把老牛牽回去，當恩公養活。」老二也說。

「你們的家務事，老朽管不著。」劉五老爹說：「你們自家去料理吧。」

後來，董家的兒子們，加意的奉養那條牛，過不上幾年，老跛牛病死了，他們就揀在董老頭墳墓邊，埋葬了那條牛，並且在石碑上刻下「恩公牛叔之墓」的字樣。

9
物異

要擱在現代，這種事恐怕早已絕版了！

10
二牛莊

　　二牛莊，是個很大的村落，住的有好幾十戶人家，這裡的村民都姓杜，也都是一個族系，據村裡人傳講，這個村莊，百十年前，原是叫「杜家老莊」，後來發生了一宗和兩條牛有關的事，兩個遠祖才把它改叫「二牛莊」的。

　　據說：杜家的遠祖有兄弟兩個人，父母都去世了，哥哥跟弟弟處得不和睦，爭爭吵吵的要拆產分家，各吃各的飯，後來，還是把家產分了，兩家不再往來。

　　哥哥原養著一條母牛，生了一隻小牛犢子，哥哥把牠賣給沙莊一位老表親王家。第二年，母牛又產下一隻小牛，產後不久，母牛病死了。

　　弟弟分了幾畝田，卻缺少耕牛耕田，弟弟夫妻

倆萬方辛苦的賺了兩年，又從王家表親那裡，把小牛給買了回來。白天，弟弟家的這條小牛，和哥哥家的那條小牛，都放在河崖邊的草地上吃草。

　　說來也奇怪，這兩條一母所生的牛犢子，早先根本沒見過面，牠們頭一回在河崖上碰面，就親熱得不得了，也許牛本身也有一種天性，能嗅出對方身體上的氣味，知道牠們是一母所生的親兄弟吧，到了晚上，弟弟家的牛犢子回欄，哥哥家的小牛也跟著來了，趕也趕牠不走。哥哥知道了，跑來沒命的牽扯，小牛硬是不肯回去。

第二天，兩條牛又跑出去吃草，晚上卻同宿到哥哥家的牛欄裡去了。從那天之後，這兩條小牛就在哥哥和弟弟兩家的牛欄裡歇宿，隔日輪流，但總戀在一道兒不分開。

哥哥看在眼裡，心裡感觸很深，常常偷偷的流淚，認為這些年，凡事爭先，沒能讓弟弟，實在愧對父母，做弟弟的看在眼裡，也覺得過去爭產爭勝，實在對不起哥哥，事情被兩兄弟的舅舅知道了，特意跑來，指著那兩條牛，對兄弟兩個說：

「牠倆也是兄弟，你們倆也是兄弟，穿衣戴帽的人，爭爭吵吵，披毛的牲畜，卻懂得相愛相親，人不如獸，朝後你們怎麼教化孩子呢？」

舅舅這番話，說得兄弟倆抱著痛哭流涕，答允從此和好，並且把這莊子，改叫「二牛莊」。

這故事，聽上去很平常，我們自小就聽過「羊跪乳」、「鴉反哺」的故事，但有誰真正的從心底感動過，又能身體力行的呢？

願「二牛莊」的故事，能給大家一點新的激發。

11

猾的故事

我們常常聽到一個成語，形容一個心懷奸詐的人，說他是「老奸巨猾」，這個字不是三點水旁的滑，而是犬字旁的「猾」，牠實在是一種非常奇特的動物，這種動物，恐怕現在早已絕種了，你走遍世界的動物園，也看不到牠。猾，到底是什麼樣子呢？恐怕知道的人太少了。

在中國古老的典籍《禹山》裡，這樣形容牠的，說牠的身體圓圓，肥不嚨咚的，渾身長著白色的毛，牠的嘴很尖，有一口銳利的牙齒。你甭小瞧這皮堅肉厚，捲起來不過皮球大的東西，牠卻是森林之王──老虎最大的剋星呢。

不知道就裡的人，一定會很納罕？一個皮球大的小動物，能對老虎怎麼樣呢？不錯，牠起先確實不會對老虎怎麼樣，猬正走在路上，忽然遇到了老虎，牠立刻就把身體蜷縮成一隻肉球，老虎很好奇，走到牠面前，伸出舌頭舔牠，牠懂得「暫時停止呼吸」，一動也不動，等到老虎剛張開嘴巴打算吃牠，那猬就自動旋轉，進到老虎嘴裡，不等老虎用牙齒嚼牠，牠就滑不溜秋的滑進老虎肚子裡去了。

老虎吞了皮球大的猬，可以說到唇不到嘴，像豬八戒吃人蔘果──食而不知其味，因為還沒動牙齒嚼牠，算不得打「牙」祭。

但猬進到老虎肚子裡，那可是得其所哉，因為猬天生有極強的抗酸性，老虎的胃液消化不了牠，牠進去之後，穩坐釣魚台，盡揀牠愛吃的吃，當

然，牠先把老虎的胃壁啃個洞洞，爬出去，啃老虎的心、肝、肺葉兒，啃得老虎負痛，又吼叫，又狂跳，但對於這種「心腹之患」，你從外面使勁還有什麼用呢？

猾，安之若素的住在老虎肚子裡，擇肥而噬，久而久之，老虎就兩眼沒神，病懨懨的躺在那兒，只有等死的份兒了。但是，猾好像白吃白住的惡客，不把老虎的內臟吃得一乾二淨，還不肯離開呢。

等到老虎內臟全被掏空，牠才啃穿老虎的肚皮，老虎一命嗚呼了，猾才會出來，舐著嘴唇，再去找新的客戶。

我們想想看，虎是天下最猛的野獸，號稱百獸之王，如果硬打硬鬥，猛如獅豹的，也未必能占到便宜，而猾這個毫不起眼的小動物，居然能以柔克

剛，真是狡猾極了。在人世上，有些財大氣粗的人物，對外張牙舞爪，精敏強悍，真像一隻老虎，但要知道，人人都有他的弱點，像：喜歡人逢迎拍馬，喜歡酒色，喜歡攀親帶故，這時候，有些卑恭屈節，笑臉耍詐的人物，便會像猾一樣的圍繞在你的旁邊，你把他引為心腹，那就不妙啦。

古人形容「心腹之患」難除，這跟猾恐怕有很大的關係吧。其實，世上的人，絕大多數都是玲瓏剔透的聰明人，許多道理，只要略為一點就透，有人明明知道，但等人家把高帽子給你一戴，熱呼呼的米湯給你一灌，你照樣樂得迷迷糊糊，早把那些道理扔到屋後去了！

勸告魚不要去吞餌，魚能做得到嗎！？

12
會説話
的蛇

在亞熱帶的台灣，蛇類很多，種類也很豐繁，大家也都知道得很多。但在大陸的南方，更有許多奇怪的蛇類，根據古書的記載，有若干會說話的蛇，你信不信呢？

在清朝，有個叫陳鼎的人，專門研究南方的蛇類，他曾出版過一部叫《蛇譜》的書，書裡面提到有一種蛇，名字叫做人蛇，他說：這種人蛇，產在廣西接近越南的山區裡面，算是很恐怖的巨型蛇類，那比較大的，有好幾丈長，比較小的，也有一丈多長。

這種蛇，喜歡伏在路邊的草叢裡，看見有客

商行旅路過，牠就會大聲的叫：「哪裡來？哪裡去？」每條蛇也都祇會叫這六個字，陳鼎形容牠們叫的聲音很大，也很清楚，並且特別說明牠們的聲音是「中州音」──按現代的說法，就是「標準國語」了。

當地工人都知道這種蛇的厲害，憑牠一次一次的叫，就是不開腔答理牠，若是境外來的客人，不知道厲害，答了牠的話，你就是走了幾十里，那人蛇還是會追的來，把人給吃掉，土人形容蛇來的時刻，腥風觸鼻，大風呼吼，人是擋不住牠的。

另外有一種蛇，產在越南北部的邱蟠山裡，名字叫做「夜裡叫」，這蛇身型也不小，牠們經常在半夜三更，在野外大叫：「救命哦，救命哦……」一聲比一聲慘，跟人的聲音一個樣兒。

不知就裡的人，要是打開門戶跑出去看，必定

會遭到牠的毒手。

還有一種蛇，名字叫做「肚裡餓」。這是一種小型的蛇類，渾身青綠，像竹葉一樣，最大的不過尺把長，牠們不咬人，也不怕人，牠身子前面還有兩隻腳，一看見人，就哭叫著說：「肚裡餓，肚裡餓！」有些好事的人，把瓜果和吃的東西丟給牠，牠就用前腳抓著猛吃，真好像肚裡很餓的樣子。

不過，陳鼎指出：這種蛇是很毒的，人的手要是太靠近牠的頭部，立即就會浮腫，要一兩天才會消腫呢。

陳鼎的《蛇譜》裡，記載各色各樣的蛇，但是會說話的蛇，卻祇有這三種，如果現今牠們還存在的話，應該列為特別保護的奇珍動物了。

遠在宋朝，有位官員周去非，寫過一本叫《嶺外代答》的書，其中提到有一種蚺蛇，這是大型蟒蛇，牠能吃獐子和野鹿之類的動物。

有經驗的邊地獵戶，見到獐鹿急奔，就知後面必有大蛇，獵人捕捉蚺蛇，自有他們特殊的方法，他們手牽手的把蛇圍住，一面跳舞，一面大聲唱歌，唱什麼呢？說起來很簡單，他們只要重複的唱：「姐姐，姐姐！」蚺蛇一聽人唱姐姐，牠們低下頭，蟠曲成一堆，不敢動彈了。

另外還有很多奇特的蛇類，像黃風蛇、飛蛇、跳蛇，但都是不會說話的，也就不在這裡多講啦。

13
貓言貓語

世上有許多禽獸，是會說話的，尤其是舌尖靈巧的鳥類，像大鸚鵡、九官鳥、八哥、畫眉，都能學人講話，並不為奇，但在傳說裡面，像馬和騾子，驢和牛，貓和狗，雞和鴨，也有些會講人話的，那就稀罕得多了。

在美國，有個留學的女學生，家裡養了一隻梗尾貓，據她說，那是一隻剛滿月就被人丟棄的小貓，她經過垃圾堆，把牠撿回家的，她十分疼愛牠，每天都抱在懷裡，教牠講人話，後來，小貓逐漸長大了，真的會講人話，但祇是少數單音字，比如問牠：

「貓咪，你餓不餓？」

牠會說：「好餓。」

有時她抱牠，貓會叫：「媽咪，媽咪。」

　　這幾個音，原就跟貓叫的聲音比較接近，略為改動一點，就接近人話了。

　　前不久，電視上公開播映了美國有隻小狗，汪汪叫一陣之後，突然會用低音叫「媽媽，媽媽」！

　　這倒都是真的。

　　在古老的年代裡，關於禽言獸語的事，也有很多的記載，不過，當時的人認為，家畜開口講話，是反常不吉的妖異徵兆，主大凶大怪，最好把牠們立時宰殺掉。通常，這些怪異的事，都發生在荒旱、饑饉、兵燹即至的年代，人們要遭大劫難的前夕。

但也有有趣的例外，有些筆記小說的作者，也許有心使用這種怪異小說的形式，把它們作為成人童話來寫，借用貓犬之口，來達成嘲諷、警示的寓言，究竟是真是假，已經不是很重要的事了。

　　在一本叫《東陽怪異錄》的書裡面，曾經記載過貓兒們會講話的有趣故事，書裡的貓主角，還有名有姓呢。說是那隻老雄貓，姓苗，名叫介立，牠經常會跟牠的主人講話。

有位朋友說，當年他在北方老家時，有個謝先生，半輩子愛養貓，一天夜晚，謝先生正要睡著，聽見窗子外頭有人在講話，他悄悄起床，到窗子邊上朝外看，月亮亮堂堂的，並沒見人影兒，原來是自家的老花貓，和鄰居家的狸貓，扒在牆頭上在講話。

鄰居家的狸貓說：

「噯，老花，今晚上，西街有人娶新娘，我們去看看，能不能弄點好吃的。」

自己家的老花貓說：

「算了！那個管廚的孫二奶奶，看得很緊，什麼都收得嚴嚴的，沒有油水好撈，我寧可睡覺養精神。」

鄰居家的狸貓說：

「去看看嘛，就算吃不著，也不貼老本。」

自家的老花貓打了個呵欠說：

「我說沒用就沒用，瞎費精神！」

一個拉扯，一個不去，弄了半天，鄰家的狸貓
跳上房頂，還回頭說：

「來嘛，來嘛，你聞聞這肉味、魚味，好香
吶。」

「嗨，妳真煩，好
啦，陪妳去就是啦！」

兩隻貓果真去了。

這一來，可真把謝先生
給嚇壞了，這兩隻貓，不是成精作
怪了嗎？要是不把牠宰掉，只怕就有大禍臨頭了。
二天早上，老花貓回屋打盹，謝先生用繩子把牠綑

住，到廚上磨刀，就要殺貓，對那貓說：

「你明知你是貓，為什麼要說人話呢？今天你捱殺，全是你自找的呀！」

「天下的貓，都會講話，又不是我一個。」老花貓說：「這有什麼好大驚小怪的呢？你不高興聽人話，我朝後不講也就是了。」

「哎喲，你真的是妖怪呀！」謝先生臉都嚇白了。

「天喲，我真冤喲！」貓大叫說：「講不是人話的人，反而不該罪，講幾句人話的貓，反而該殺，哪還有什麼天理。你要砍、要殺都行，請你容我最後講幾句話，話講完，你就殺，我全認了。」

「好吧，有話你就快講吧！」謝先生說。

貓就說：

「你認真想想，假如我真的是妖怪，你能捉住我

嗎？又能殺得了我嗎？我如今乖乖的沒作怪，你卻要殺掉我，我死後，真的變成厲鬼，找你算賬，你又怎麼辦呢？再說，我在你這兒，並沒白吃你的飯，這些年，也替你捉過不少老鼠，沒有功勞也有苦勞，你不獎賞我，反而要殺我，損你的陰德啊！你殺我，你聽見牆角老鼠在笑沒有？我一死，老鼠會鬧翻天，牠們偷吃你糧食，啃壞你衣裳，讓你坐不安，睡不寧，比妖更妖，比怪更怪，你不如放了我，我記得你的好處，朝後還會替你效勞，不好嗎？」

老花貓侃侃而談，說了一遍貓經，謝先生一聽，真是句句入情入理，快刀拿在手上，說什麼也砍不下去了，嘆了口氣，解開繩子，把老花貓給放掉了。

誰知老花貓咪嗚一聲跳上牆，頭也不回的走了。

鄰家人來說：他們家的狸貓也不見了。

牠們寧可流浪街頭去當野貓，再也不願寄人籬

下去捉老鼠了。過了很久，謝先生又聽見那兩隻貓在屋頂上講話，狸貓說：

「做野貓真是自在，不要那些人模人樣的傢伙來管，他們自私自利，卻滿嘴道德文章，看了就煩。」

「是啊，他們用著貓朝前，不用著貓朝後，」老花貓說：「他們翻臉無情，妳沒瞧那一天，磨刀霍霍的，硬要殺我的那副嘴臉，比惡鬼還要怕人。我是上一回當，學一回乖，寧可餓死在外頭，再也不要回頭了！」

真的假的暫且不管，當成成人童話來聽，不是很有味道嘛。你們是怎樣對待寵物的呢？

14

怪鼠

　　在世上，有許多事情，被當成金科玉律，比如說：「老鼠怕貓」，一般人都認為是天經地義的事情，很少有人反對這種說法的。因為「天生一物降一物」，原是衡情常理，人是從經驗累積當中，得到一致認定的。

　　老鼠怕貓，是因為老鼠的體型比貓小，爪和牙沒有貓銳利，氣力和搏鬥的技能都不如貓，這也是常態。

　　但常理、常情和常態，能不能說是絕對的呢？我們可說：「不是！」

　　天底下，脫出常理的事情還多著呢！

　　台灣就有一種快要絕跡的大老鼠，學名叫做「鬼鼠」，前不久，高雄有位先生捉到了一隻，那

隻老鼠的體型，
跟大型的狼狗一樣大，
重有十幾公斤，用大鐵籠子
關著養，報紙有報導，在電視上也亮
過相，像這種和狼狗一樣大的老鼠，
我們很難相信貓能把牠怎麼樣？
三十多年前，報紙上也曾報導過一
宗「老鼠咬死貓」
的新聞，地點
是在台東縣
的鄉下，有個農
戶家裡，鬧老鼠鬧得很
兇，糧食損耗太多，
他用捕鼠籠子、夾
子，日夜捕捉，

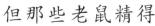

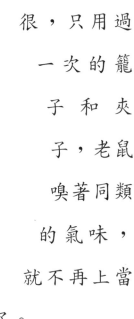

但那些老鼠精得很，只用過一次的籠子和夾子，老鼠嗅著同類的氣味，就不再上當了。

家主人沒辦法，只好向人討了一隻白花貓回來飼養，那隻白花貓長大之後，捕食老鼠非常賣力，鼠患也減少了很多，但是，貓鼠為敵日子久了，鼠群裡的大老鼠，對那隻白花貓恨之入骨。

一天，在糧倉裡面，有五隻大老鼠連手圍攻那

隻白花貓，雙方殊死拼鬥了半個時辰，白花貓咬死一隻，咬傷一隻大老鼠，但牠也渾身傷痕累累，眼也瞎了，腿也跛了，從此不能再捕鼠了。

這種情形，雖是比較少見，但在早先，也曾有過。

幾十年前，在大陸的江南，一位姓祁的人家，養了一隻貓，捕捉老鼠很賣力，有一天夜晚，主人睡在床上，忽然聽到窸窸窣窣的聲音，牆洞裡的油燈還在亮著，他屏住氣，看看究竟是什麼動靜，哇！他看見一隻長過一尺的大老鼠，兩眼骨碌碌的盯著踡在屋角睡覺的貓，冷不防的竄過去，一口死咬住貓的頸子，那隻貓被咬得大聲慘叫，等到主人摸起棍子去打老鼠，老鼠跑了，貓也被咬死了。

咬貓的老鼠，還不算最稀奇，有的老鼠，膽大包天，竟然能把獵狗也咬傷呢。

　　早年在蘇州七里山塘北邊三里地，有個莊子，大約有三四十戶人家，他們都是種田為生，也種些菜賣，每家也都養了不少的雞鴨。

　　奇怪的是那些雞鴨，不時短缺，大夥兒都覺得很奇怪，有人以為是被小偷偷走了，有人以為是蟒蛇叼去了，但這種可能性都不高。

　　正在議論紛紛的時刻，有鄰村打獵的人，牽著獵狗路過，聽著他

們議論，就順便坐下來歇一陣，但是他牽的狗伸著鼻子到處聞嗅，好像嗅著了什麼異樣的東西，嗚呀嗚呀的直哼叫。

那個獵戶很有經驗，一看這光景，立即鬆脫了狗鍊子，那條獵狗一直撲向蘆葦叢去，又用腳爪抓扒，又狂叫不停，獵戶跟村民也都跟過來，想看看究竟。

突然之間，蘆叢裡竄出一條乳豬樣大的老鼠來，拖著尾巴飛跑。那獵狗見了老鼠，怎肯放過，也飛竄過去捕捉牠，狗咬老鼠，老鼠情急了，也猛力反咬狗，雙方滾成一團，幸虧獵戶上去幫忙，一矛扎中老鼠，才替獵狗解了圍，大夥再看，那獵狗的鼻子，都叫老鼠咬破了。

「怪不得雞鴨常常不見的，都是被這隻老鼠拖來吃掉啦，」有人叫說：「你們看，這蘆叢裡，有

很多雞鴨的毛呢。」

「這鬼老鼠，怎會那麼大，真快要變成老鼠精啦！」更有人說：「兇來兮，連獵狗牠都敢咬啊！」

村上也很好奇，拿了秤來秤一秤，乖隆咚，這隻大老鼠足重七斤十三兩，牠的鬍子，根根硬得像鐵針，摸著扎手疼，撥動它，刷刷的響。有人說：

「這哪是普通老鼠，簡直是老鼠裡頭的狼嘛！」

諸位想想，物情和世情，正是同樣的道理，警方原像是貓，捉捉小偷弄手是沒問題的，等到鼠輩養肥了，有了紅星黑星、勃朗寧，他們就不怕貓了。人常說：狗拏耗子，多管閒事！其實不然，因為鼠輩惡燄太囂張

了，獵犬再坐視不管，老民百姓的生計就更艱難啦。

　　物情雖然微不足道，但和世上的情理，原是一脈相

通的呀！

15

戲談飛虎

　　我們在動物園裡看到的老虎，和很多畫虎的畫家畫的老虎，是一個樣兒，牠們身上，有黃黑相間的橫條紋，其實，什麼韓國虎啦，長白山的虎啦，南方的虎啦，除了體型上有些差異，模樣、花紋，大體都差不多。

　　根據《水滸傳》的形容，武松在景陽崗打的那隻大蟲，也是吊睛白額虎。

　　其實，各類的動物，皮毛花樣，變化都很大，你就拿馬來說吧，有黃膘馬，赤兔馬，花斑馬，烏錐馬，有玉獅子（白馬），有胭脂馬、棗騮馬、青驄馬……太多太多，換成狗，那就更種類繁多了。

　　老虎若就是那一種，有多缺味啊。

　　其實，老虎的種類也很多，祇因牠是人人駭懼的

猛獸，平素住在山野裡，人們見到牠的機會不多，所見的，以白額虎為最多，難免有些錯覺。

從很多古代的記述上，我們看到，老虎其實也有很多種，比方白虎、黑虎、錦毛虎，甚至天上的星宿，也列有「白虎星君」的名號，封神榜上，趙公明騎的，就是黑虎。有時候，古代的軍旗上，還繡有展開雙翅的「飛虎」，抗戰期間，陳納德領導的美國航空志願軍，就取名「飛虎隊」。

大多數的人，都以為飛虎祇是人們憑空的想像，孰不知，世上真的有「飛虎」這種動物的存在呢。

早在宋朝，有一本書，叫做《榮筠廊偶筆》，其中有一段，作者作證說：「我到楚中（現在湖南省的中部），曾親眼看見過飛虎皮，那張皮，前面

有兩隻腳，外皮約有一尺多長，向外張開，像個極大的蝙蝠。」

清朝的名人王士楨，在《居易錄》這本書裡，也提到過飛虎。他說：「飛虎，又叫『肉翅虎』，出產在石抱山區。這種肉翅虎，白天都藏匿起來，夜晚才會出來覓食。牠的身體，比一般的老虎略微小一些，有一對肉翅，形狀有些像蝙蝠的樣子，身上也有黃黑相間的虎紋。牠能飛出來吃人，據說牠的皮能夠辟鬼物，古代軍隊畫飛虎，除了表示勇猛迅捷，同時也有辟邪的作用。」

清朝還有一本書，叫做《閩粵紀》，寫的都是福建和廣東兩省的奇聞異事，其中有一段說：

「傳說潯州地方，貴縣那一帶的山裡面，出產飛虎，每隔上一兩年，就有人會看見牠，有人把腐爛的人頭丟給牠，他會茲茲的吮吸人的腦髓。作

者在潯州守備衙門裡，見過一張飛虎皮，長也有兩尺，看起來像狗皮，前面有兩隻腳，皮的兩邊是兩隻展開的肉翅，但細看牠的斑紋，又跟一般老虎不一樣。有經驗的湖南山鄉的人說：他們有些人，常常縋繩子，到崖壁和谷底去採野生的木耳，他們最怕遇上飛虎了，因為牠們展翅飛撲，碰上很粗的麻繩，繩子也會被牠的飛翅絞斷掉，因為飛虎肉翅邊緣，像剪刀一樣的鋒利，但從沒聽過牠們曾經吃人的事情。」

司馬爺爺 說鄉野傳奇

在另一本叫《粵西偶記》的書裡，有一段關於飛虎的記載說：「肉翅虎這種動物，出產在洞溪的地方，牠們肋間有翅膀，常常飛下山來吃人，吃完再飛回去，人很難捕捉到牠們。」這跟潯州出產的飛虎，並不一樣，也許是比較兇猛的一種吧。

我們開始讀充滿趣味的筆記小說，常常被古人現身說法的形容唬住，信以為真，後來，讀得多了，不斷的參考、比較，發現不同時代的書，對同一件事物的看法

和説法，常常不盡相同，而且互有矛盾的地方，拿飛虎來説，他們看見虎皮是不錯的，但這種東西，到底是虎不是虎？如果不是虎，究竟又是哪一類？哪一科？應該叫做什麼？這恐怕得請教現代的動物學家去鑑定啦。人説：「盡信書，不如無書。」保持一點懷疑，總是不錯的啊。

16

物情

在傳統文化裡，常常提到五倫，那就是「天地君親師」，有人批評那個「君」字落伍，不合時代潮流，其實，我們把它當成國家民族和個人的關係來解釋，不也是一樣嗎？

我們要講的是「第六倫」，也就是人和「有情世界」的和睦共處。我們人，常認為人是萬物之靈，但若干人，缺乏人生境界，殺人越貨，喪盡天良，這類人，常被人看成「豬狗不如」，實在説，豬狗之類的家畜，有許多行為，真的比某些人高明得多。

古時候，一向認為「犬豕同牢，家門之瑞」，實在説，互相親愛，甚至哺乳育幼的動物，不止是狗和豬呢。

北方，有座朱家大莊，莊頭上有個姓陳的人，最愛養貓養狗，有一隻貓和一隻狗同時生育，但兩隻小貓不幸淹死了，母狗也生病死掉了，丟下三隻小狗。

　　那隻母貓，就自動的餵小狗，把小狗當成親生的兒女看待，過了幾個月，小狗長大了，也把母貓作成媽媽看，不單一起進食，連睡覺都要朝母貓懷裡鑽，完全忘掉是不是同類，大家想想，這是多麼祥和。

　　還有個種菜灌園子的張老爹，他每天都要到園子各處去走動，有一天，發現紅胡蘿蔔地裡，有許多被拔的痕跡，他很懷疑有人偷拔了，就躲在暗處，偷偷的看守著，過不久，他看見有一條大黑狗，從籬笆洞裡鑽了進來，到了胡蘿蔔地裡，用腳爪抓刨，唧起一莖胡蘿蔔走了。

16 物情

張老爹心裡透著奇怪，狗平常是不吃胡蘿蔔的，牠跑來挖起胡蘿蔔，啣去做什麼呢？

於是乎，他悄悄的出去，尾隨著那條狗，看看那條狗究竟把胡蘿蔔啣去做什麼？嘿，那條狗居然把胡蘿蔔啣進鄰舍的馬棚裡去了。

張老爹知道，鄰舍的馬棚裡，養有兩匹駄糧的馬，大黑狗把胡蘿蔔啣到一匹老馬的面前，搖著尾巴，看著老馬吃，老馬吃完，牠又跑去再啣一莖來，牠來來往往跑了很多次，一點也不嫌煩。

但棚裡還有另一匹馬，一匹吃得很飽，另一匹衹能看著，半根也吃不到嘴，那大黑狗衹是對老馬好。

有人勸老張打殺那條偷胡蘿蔔的狗，張老爹搖頭說：

「人說犬馬同類，如今這條狗那麼樣的愛護一匹老馬，算是難得的靈狗，我就丟點胡蘿蔔，又算什麼呢？」

動物之間的情感，原是很自然的事，要是人有私心，加以控制，結果往往會適得其反。

早先，在江西南昌鄉下，有個姓申的，在章江附近開酒舖，他家裡養了一頭老母豬和一條母狗，一年四月裡，母豬和母狗一起生育。那老母豬衹有十二個奶頭，牠一胎卻生下十六頭豬仔，總有小豬吃不到奶。

姓申的暗自盤算，小豬的價錢很高，小狗根本

不值什麼錢，就硬把一窩小狗都丟到茅坑淹死掉，分幾隻小豬讓母狗去餵，起先狗不習慣，就捉狗逼著牠餵，後來雖然餵慣了，但母狗的奶水不夠，總是躲著。

姓申的就用鐵鍊把狗拴住，強著牠餵，母狗奶水沒了，奶頭滴出來的都是血水，不多久，母狗死了，那隻幾小豬也死了。

異類相哺，是一時權宜，人這樣貪心，就不合人情啦。

學習單

康軒企劃

動物大集合

有些語詞看似在講動物，實際上是在形容某些人，請查一查下面這些語詞的意思，再填到合適的句子裡。

籠中鳥　　千里馬　　落湯雞　　沙丁魚　　旱鴨子

1. 要記得隨身攜帶雨傘，不然很容易淋成 ＿＿＿＿＿＿＿ 。

2. 老闆欣賞小王的才幹，就像 ＿＿＿＿＿＿＿ 遇到伯樂。

3. 長髮公主被關在高塔裡，成了巫婆的 ＿＿＿＿＿＿＿ 。

4. 美美是個 ＿＿＿＿＿＿＿ ，請你別再逼她下水了。

5. 放學時，公車裡十分擁擠，每個乘客都像是 ＿＿＿＿＿＿ ＿＿＿＿＿＿ 。

形容詞動動腦

如果是你，你會用哪些形容詞來形容徐老富和小灰驢
呢？請寫在框框裡，並畫下他們的樣子。

我覺得徐老富是……

1.

2.

3.

　　　　　　的人。

我覺得徐老富的樣子
是……

我覺得小灰驢是……

1.

2.

3.

　　　　　　的驢子。

我覺得小灰驢的樣子
是……

我的寶貝收藏

劉沐堂先生最想要收集的是書法名家使用過的硯台，那你最想收集的是什麼東西呢？為什麼？

其中，我最想收藏的是⋯⋯

打抱不平

如果你是古代官府的判官，當你審到
常永安時，你會怎麼判刑呢？

1.常永安打傷扮演秦檜的演員（假秦檜），我會判他

_____

因為 _____

_____

2.常永安打死吳喬，我會判他
因為 _____

如果你是現代法治國家的法官，當常永安遇到不合理或
不平衡的事情時，你會建議他怎麼做呢？為什麼？

如果常永安遇到 _____ 時，我建議常永安

可以 _____

來寫故事

你會說故事嗎？一般的故事大概會有「起頭——過程——結尾」三個階段，請你看看書上的故事，把故事大意寫在框框裡。

	起頭	過程	結尾
賣假藥	丈夫賣假藥，不敢跟太太說。	兒子生病了，太太拿假藥給兒子吃。	兒子吃假藥，延誤治療，變成白癡。
賣病牛			

拜祖師爺

很多行業都會有祭拜「祖師爺」的習俗，通常這些「祖師爺」都和這個行業有相關，請查一查，下面這些行業會奉哪些人為祖師爺，把你找到的原因寫下來。

我們建築的木匠會祭拜 ＿＿魯班＿＿，
因為 ＿＿他是一個很厲害的建築師＿＿。

我們賣酒的商人會祭拜 ＿＿＿＿＿＿，
因為 ＿＿＿＿＿＿＿＿＿＿。

我們種田的農夫會祭拜 ＿＿＿＿＿＿，
因為 ＿＿＿＿＿＿＿＿＿＿。

一個好方法

遇到問題時，通常會有很多解決的方法，但是
這些解決的方法也是有高下之分的呵！請你假想
一個情境（如：在文具店看到一枝又炫又酷的筆，
可是身邊的錢不夠），再想出三種解決方式，並
説一説，這些解決方式可能會有什麼樣的結果。

◎如果 _____ 。

◎我有三種方法解決，分別是：

結果可能會　　　　結果可能會　　　　結果可能會

GOOD	OK	NO

數字語詞

「一念不生」「六神朗澈」，你還知道有哪些語詞和數字有關嗎？請把正確的字填在空格裡，再查一查它們的意思。

七
九

五
八

三

四
十

二
一

六

□霄雲外　□親不認　家徒□壁

□心□意　□毛不拔　□光□射

□上□下

感謝您

董家兄弟為什麼要把跛腳老牛賣給人屠宰換些錢回來？

如果是你，會怎麼對待老牛呢？

心情小棧

你曾和兄弟姊妹或朋友吵架嗎？吵架的心情如何？

你曾經和 ＿＿＿＿＿＿＿＿＿ 吵架。

為了什麼事情吵架？ ＿＿＿＿＿＿＿

＿＿＿＿＿＿＿＿＿＿＿＿＿＿＿＿＿

＿＿＿＿＿＿＿＿＿＿＿＿＿＿＿＿＿

後來有和好嗎？是怎麼和好的呢？

＿＿＿＿＿＿＿＿＿＿＿＿＿＿＿＿＿

＿＿＿＿＿＿＿＿＿＿＿＿＿＿＿＿＿

＿＿＿＿＿＿＿＿＿＿＿＿＿＿＿＿＿

動物大會串

每個動物都有各自的特徵和習性，你覺得牠們代表了什麼特質？你覺得你的朋友像什麼動物呢？

我覺得　　　大象

牠的特徵是

給人　　　　　　　　　　　　　　　的感覺。

我的好朋友是

我覺得他很像

因為他

小小巡山員

如果你是一個巡山員，森林裡有許多蛇出沒，你要怎麼提醒大家要小心呢?

山林裡有什麼蛇？請幫牠取個名字

牠的行為特徵？(叫聲、動作)

如果不小心在山林中遇到，該怎麼辦呢？

寵物知識大考驗

以前，人類養動物大都是有功用的，如：狗會看門、貓捉老鼠等。可是，你知道哪些動物不適合當寵物呢？請把牠圈出來，再寫下為什麼。

長臂猿　　　鸚鵡　　　倉鼠　　

狗　　　鱷魚　　　貓

不適合當寵物的有：

1. 巴西龜，因為牠們的適應力太強，會取代當地的烏龜品種。

2.

3.

語詞大考驗

請從怪鼠身上選出正確的狀聲詞，填入空格裡。

主人睡在床上，忽然聽到 ＿＿＿＿＿＿ 的摩擦聲。

獵狗伸著鼻子到處聞嗅，好像嗅著了什麼異樣東西，

＿＿＿＿＿＿ 的直哼叫。

小小考證學家

古人說「盡信書，不如無書」，你可以提出哪些
生活事例和哪些書上所寫的資料是矛盾的嗎？

我讀過「⬚⬚⬚⬚⬚⬚」（填寫書名）

書上說：

但是，我觀察到的卻是：

成語棒棒糖

你想到哪些和動物相關的成語嗎？説一説下面的成語，
將出現的動物詞語圈起來。

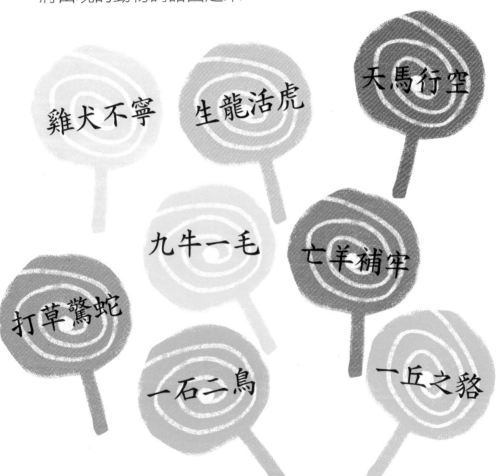

雞犬不寧

生龍活虎

天馬行空

九牛一毛

亡羊補牢

打草驚蛇

一石二鳥

一丘之貉

九歌
故事館 04

司馬爺爺說
鄉野傳奇

著　　者：司馬中原

繪　　者：李月玲

責任編輯：鍾欣純

美術編輯：陳雅萍

發 行 所：九歌出版社有限公司

社　　址：臺北市八德路三段12巷57弄40號

電　　話：02-2577-6564・02-2570-7716

傳　　真：02-2578-9205

郵政劃撥：0112295-1

九歌文學網：www.chiuko.com.tw

印 刷 所：晨捷印製股份有限公司

法律顧問：龍躍天律師・蕭雄淋律師・董安丹律師

初　　版：2009（民國98）年1月10日

初版5印：2014（民國103）年6月

定價：300元

ISBN：978-957-444-569-1　　Printed in Taiwan

書號：0174004

（缺頁、破損或裝訂錯誤，請寄回本公司更換）

國家圖書館出版品預行編目資料

司馬爺爺說鄉野傳奇 / 司馬中原 著，
李月玲 圖
--初版. - 臺北市：九歌，民國98. 01
面；　公司.--（九歌故事館；4）
ISBN：978-957-444-569-1

859.7　　　　　　　　　　97023069